Alphonse Auguste Amussat

Traitement du cancer du col de l'utérus par la galvano-caustique thermique

Antigonos

Alphonse Auguste Amussat

Traitement du cancer du col de l'utérus par la galvano-caustique thermique

Réimpression inchangée de l'édition originale de 1871.

1ère édition 2024 | ISBN: 978-3-38814-529-7

Antigonos Verlag est une marque de Outlook Verlagsgesellschaft mbH.

Verlag (Éditeur): Outlook Verlag GmbH, Zeilweg 44, 60439 Frankfurt, Deutschland, info@outlook-verlag.de
Vertretungsberechtigt (Représentant autorisé): E. Roepke, Zeilweg 44, 60439 Frankfurt, Deutschland
Druck (Imprimerie): Libri Plureos GmbH, Friedensallee 273, 22763 Hamburg, Deutschland

TRAITEMENT

DU

CANCER DU COL DE L'UTÉRUS

PAR

LA GALVANO-CAUSTIQUE THERMIQUE

TRAITEMENT

DU CANCER

DU COL DE L'UTÉRUS

PAR

LA GALVANO-CAUSTIQUE THERMIQUE

PAR

Le Docteur A. AMUSSAT Fils

PARIS

GERMER-BAILLIÈRE, LIBRAIRE

RUE DE L'ÉCOLE-DE-MÉDECINE, 17

—

1871

TRAITEMENT

DU

CANCER DU COL DE L'UTÉRUS

PAR

LA GALVANO-CAUSTIQUE THERMIQUE

Le col de l'utérus, d'après les statistiques les plus complètes, est le siége de prédilection du cancer. C'est en effet à sa surface, ou dans l'épaisseur d'une des lèvres, qu'on le rencontre le plus fréquemment au début de l'affection; mais il s'y localise rarement bien longtemps, et, soit qu'il envahisse le corps de l'organe, soit qu'il s'étende aux parois du vagin, à la vessie et au rectum, il finit par amener la mort de la femme qui en est atteinte, avec un cortége d'accidents aussi douloureux que pénibles.

Quand on constate que le cancer de l'utérus

entre pour plus d'un quart dans le nombre total des décès résultant d'affections cancéreuses dans les deux sexes, on se rend facilement compte de l'importance que le praticien doit attacher à l'étude et surtout au traitement de cette désastreuse maladie.

Jusqu'à ce jour, la thérapeutique médicale a fait de vains efforts pour arrêter la marche envahissante de cette affection, et arracher les malades à une mort assez prompte. La chirurgie semble avoir été plus heureuse. Si, en effet, elle n'a pas fourni des succès aussi brillants qu'on l'espérait, il faut l'attribuer à la nature même de cette néoplasie, à la difficulté de pouvoir toujours en établir rigoureusement les limites, et à cette circonstance capitale, que le plus ordinairement lorsque nous sommes consultés, la maladie a déjà fait de tels progrès qu'elle échappe à l'action des moyens chirurgicaux.

Dans l'origine on fit usage contre cette affection de l'instrument tranchant. Tulpius, Monteggia, André de la Croix, Lapeyronie, etc., se sont, dit-on, servis du bistouri pour l'ablation de tumeurs cancéreuses siégeant sur le col. Osiander pratiqua le premier, en 1801, l'amputation du col de l'utérus, et eut plusieurs fois l'occasion de faire cette opération avec succès. Il eut pour imitateurs Dupuytren, Récamier, Hervez de Chégoin, Cazenave, Strachan, Huguier, Simpson, Langenbeck, Scanzoni, etc.; mais ce fut surtout Lisfranc, qui en France, s'efforça de vulgariser cette opération, qu'il pratiqua plus qu'aucun autre.

Mon père avait pratiqué, lui aussi, plusieurs fois l'amputation du col; mais il y renonça, lorsque M. le docteur Filhos eut doté la chirurgie d'un caustique qui est aussi puissant que facile à manier.

Voici du reste comment, en 1854, il s'exprimait à l'Académie de médecine sur ce point de pratique chirurgicale : « On peut dire des affec« tions cancéreuses du col de l'utérus ce qui est
« applicable au *noli me tangere*. Il faut agir
« énergiquement et ne pas perdre de temps. Si
« la destruction du col tout entier est néces« saire, on ne doit pas hésiter. Pour arriver
« promptement à ce résultat, la cautérisation
« de dehors en dedans, *ou en trouée,* qu'on me
« permette cette expression, avec des causti« ques puissants, gradués, de potasse et de

« chaux, est ce qui m'a le mieux réussi. Je
« pourrais citer plusieurs guérisons de cette
« espèce chez des femmes vouées à une mort
« certaine. »

Dans son savant *Traité des maladies de
l'utérus,* M. le docteur Courty s'exprime ainsi :
« Il ne nous paraît pas douteux que l'épithé-
« lioma du col ne puisse être enlevé avec quel-
« que chance de guérison, ou que la marche
« ne puisse en être ralentie au point de per-
« mettre au médecin de prolonger notablement
« les jours d'une malade. »

Jobert (de Lamballe) obtenait de très-beaux
résultats de la cautérisation avec le fer rouge,
et le fait suivant témoigne de l'avantage qu'of-
fre ce procédé sur l'emploi du bistouri :

*Amputation du col utérin répétée trois fois.
Cautère actuel. — Guérison.*

« Une femme âgée de 46 ans, avait subi il y
a huit ans, l'amputation du col utérin par les
mains de Samson, à la Pitié, pour une affection probablement cancéreuse. Quelques mois

plus tard, le mal repullulait, et la patiente se faisait recevoir de nouveau à la Pitié. Cette fois elle fut reçue dans le service de M. Gendrin.

« Ce médecin la traita à son tour, et il opéra de nouveau la malade d'après le dire de celle-ci. On ne peut cependant bien comprendre si c'est à l'aide de caustiques ou du bistouri qu'elle fut réopérée. Quoi qu'il en soit, elle en sortit guérie ; mais une nouvelle récidive ne tarda pas à se faire, et la patiente se dirigea cette fois dans le service de M. Ph. Boyer, à Saint-Louis.

« Ce chirurgien l'opéra pareillement, en excisant des masses fongueuses qui s'étaient engendrées sur la cicatrice.

« Cette opération cependant n'eut pas de résultat plus durable que les précédentes, car une nouvelle récidive eut lieu.

« La malade se fit alors recevoir dans le service de M. Jobert.

« Les trois opérations ci-dessus avaient été pratiquées dans l'espace de deux ans, et la malade se trouvait à peu près dans le même état qu'avant la première amputation. Cette fois les végétations fongueuses furent attaquées à l'aide du fer incandescent; elles furent détruites successivement avec la portion restante du col jusqu'au niveau de l'adhérence de la muqueuse vaginale sur cette partie.

« La guérison eut lieu; mais il restait à savoir si elle serait plus durable que les précédentes. Cette femme est revenue depuis tous les ans, à l'hôpital Saint-Louis, se faire examiner. Dernièrement, elle est revenue encore; elle a été observée au spéculum en notre présence; la guérison est parfaite et elle dure ainsi depuis six ans.

« Le col est entièrement détruit; la muqueuse vaginale forme un véritable bourrelet autour d'une cicatrice blanche, infundibiliforme, de la largeur d'une pièce de cinq francs. Les effets du cautère actuel ont donc, dans ce cas, été plus heureux, par la raison peut-être que ce moyen a pu détruire graduellement toute la partie malade, tandis que le bistouri n'avait pu étendre jusque-là son action (1). »

Le fer rouge, toutefois, n'est pas le seul agent

(1) Rognetta. *Annales de thérapeutique,* 1845-46, page 438.

de cautérisation qui se soit trouvé employé dans l'affection qui nous occupe. On a recouru à bien d'autres encore, tels que le chlorure de zinc, le chlorure de brome, la pâte de Vienne, les acides sulfurique, azotique, chlorhydrique, le nitrate acide de mercure, etc. J'ai vu M. le docteur Maisonneuve employer des flèches de pâte de zinc.

Pour pratiquer l'amputation du col, M. le docteur Chassaignac s'est servi de son écraseur; mais cet instrument ingénieux ne peut convenir que dans certains cas. Il m'a paru propre surtout à enlever les productions carcinomateuses implantées sur le col. M. le docteur Courty. qui l'emploie, mais dans certains cas seulement, lui préfère en général la ligature très-lentement serrée. Voici du reste comment il s'exprime à ce sujet à la page 894 de de son *Traité des maladies de l'utérus :* « J'ai « pu maintes fois, en me servant d'un fil « métallique et d'un bon serre-nœud au lieu « d'une chaîne et d'un écraseur, et en opérant « la constriction lentement par des tours de vis « répétés de quart d'heure en quart d'heure, « pratiquer la section du col en une journée, « sans avoir besoin de chloroformiser la ma-

« lade, et sans déterminer la moindre hémor-
« rhagie. On peut même faire durer la section
« plus longtemps sans inconvénient, pourvu
« qu'on ait le soin, comme dans le cas d'appli-
« cation simple de la ligature ulcérative, de
« faire de temps en temps dans la journée des
« injections détersives. »

En 1821 la galvano-caustique thermique fut employée par Récamier et Pravaz pour détruire les cancers du col de l'utérus (1).

En 1857 Middeldorpf adressa à la Société de chirurgie un mémoire sur la galvano-caustique, dans lequel il signale l'emploi de ce mode de cautérisation pour les affections carcinomateuses du col : « C'est encore, écrivait-il, au
« moyen de l'anse coupante que j'ai enlevé une
« énorme tumeur cancéreuse du col de l'utérus.
« On fit des injections froides pendant l'opération
« pour empêcher le rayonnement de la chaleur.
« La plaie se cicatrisa et la malade délivrée des
« hémorrhagies et de la suppuration ichoreuse
« qui l'épuisaient, reprit promptement ses for-

---

(1) *De l'électrisation localisée,* par le docteur Duchenne (de Boulogne), 1855, page 20.

« ces ; mais elle mourut plus tard d'une réci-
« dive. »

Dans une discussion qui eut lieu à la Société obstétricale de Londres en 1861, M. le docteur Robert Ellis rapporta le fait suivant, tiré de sa pratique : Un dame de la province souffrait depuis plusieurs années d'une tumeur fongueuse du col de l'utérus, qui avait été traitée sans succès par le caustique lunaire. Consulté ultérieurement notre confrère pratiqua d'abord l'ablation de la tumeur au moyen d'une ligature appliquée à sa base et fortement serrée ; puis, lorsque cette tumeur fut tombée, il en cautérisa très-énergiquement le point d'implantation avec son galvano-cautère en porcelaine. La malade retourna chez elle bien portante, et vécut plusieurs années encore sans éprouver aucun symptôme de son ancienne maladie.

En 1862 le docteur Grünewaldt (de Saint-Pétersbourg), faisant connaître les résultats de sa pratique en gynécologie, rapporte qu'il avait détruit par la galvano-caustique thermique une grosse tumeur cancéreuse du col utérin. L'opération, faite en plusieurs séances, eut pour résultat d'arrêter la marche de la maladie.

Depuis 1852 j'ai eu d'assez fréquentes occasions d'employer la galvano-caustique thermique dans le traitement des engorgements avec ulcération du col de l'utérus. Je me proposais d'utiliser également ce mode de cautérisation dans le traitement du cancer; mais cette affection, chez les femmes qui me furent adressées, avait pris de tels développements, qu'il n'était plus permis d'entreprendre un traitement chirurgical pour la combattre. Pour les autres malades, en petit nombre d'ailleurs, il me fut impossible de déterminer d'une manière assez rigoureuse les limites du mal pour pratiquer l'amputation du col. Ce fut dans ces dernières années seulement que j'eus l'occasion de pratiquer les cinq opérations que je vais rapporter.

OBSERVATION I

Tumeur cancéreuse implantée sur la lèvre postérieure du col de l'utérus. — Ablation au moyen de la galvano-caustique thermique. — Cicatrisation.

Le 16 février 1867, M. le docteur de Langenhagen me pria d'examiner Mme L....affectée d'un cancer de l'utérus. Le toucher me permit de constater la présence d'une tumeur cancéreuse en forme de chou-fleur, volumineuse, implantée sur le col de l'utérus. Cette dame âgée de 46 ans, d'un tempérament nerveux, n'avait pas eu d'enfant. Elle avait des pertes utérines très-abondantes depuis deux années. Les ganglions de l'aine gauche étaient engorgés et plus durs que ceux du côté droit.

Consulté dix-huit mois auparavant, notre confrère avait trouvé déjà une tumeur grosse comme un œuf de poule implantée sur le col de l'utérus. Chaque époque menstruelle durait de dix à quinze jours, pendant lesquels la malade perdait une grande quantité de sang. Entre ces hémorrhagies, elle avait un écoulement blanc d'une odeur caractéristique. Des injections astringentes de toutes espèces, le repos sur un canapé, des tampons imbibés de perchlorure de fer, et enfin des cautérisations avec le *fer rouge* employées successivement n'eurent qu'un effet momentané. La tumeur augmenta de volume; les hémorrhagies continuant amenèrent un état d'anémie profonde, et la santé s'altéra de plus en plus. Ce fut alors que connaissant les succès que j'avais obtenus en me servant de la galvano-caustique thermique pour l'ablation de tumeurs utérines, et pensant que de la sorte on pourrait peut-être enrayer la marche de l'affection, et arrêter les hémorrhagies qui ne devaient pas tarder à amener une issue fatale, M. le docteur de Langenhagen me pria de vouloir bien examiner sa malade.

Comme la tumeur était implantée sur le col de l'utérus, et qu'il n'existait aucune trace d'affection carcinomateuse dans le vagin, je pensai que la galvano-caustique thermique serait, dans ce cas, le meilleur mode d'ablation, et qu'en l'employant, on pourrait arrêter les pertes utérines et retarder la mort de la malade. Il fut convenu que l'opération aurait lieu après la première époque menstruelle.

Le 7 mars, assisté par MM. les docteurs
Chaillou et de Langenhagen, je fis placer la
malade sur le bord d'un lit de fer garni de deux
matelas et d'une alèse, les pieds dans deux
chaises comme pour l'examen au speculum : je
saisis le pédicule de la tumeur dans l'anse de
mon sécateur galvanique; puis je plaçai deux

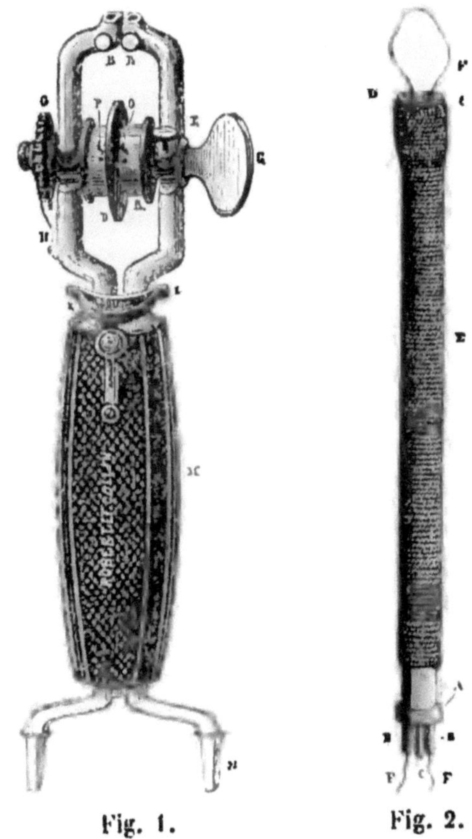

Fig. 1.   Fig. 2.

Fig. 1. — M, manche du sécateur. — I, interrupteur. — O, lame
d'ivoire graduée.

Fig. 2. — E, canule double recouverte d'un ruban et d'un cordonnet
de soie.

valves en buis dans le vagin pour isoler la canule double de l'instrument des parties voisines, et je les confiai aux assistants. Le sécateur fut mis en rapport avec une pile Grenet. J'opérai assez lentement la section, l'appareil ne fournissait qu'un faible courant électrique, de sorte que l'ablation eut lieu par écrasement et cautérisation, ce qui me donna un peu de sang. La tumeur enlevée, je nettoyai soigneusement le vagin avec de petits tampons de coton, et Mme L... se plaça dans son lit. Une couche de collodion fut appliquée sur toute la surface de l'abdomen ; du bouillon pour toute nourriture.

Le soir la malade avait de la fièvre et elle ressentait des douleurs dans la fosse iliaque gauche. La serviette placée entre les cuisses était tachée de sérosité sanguinolente.

Le 8 au matin Mme L... nous dit qu'elle n'avait pas dormi. Taches rosées sur la serviette placée entre les cuisses. Bouillon. Dans la soirée. j'appris que la malade avait eu de la fièvre depuis deux heures jusqu'à sept. Un gramme de sulfate de quinine en quatre pilules. Pendant les dix jours suivants la malade eut une fièvre quotidienne , que notre confrère continua à traiter par le sulfate de quinine. Les taches observées sur la serviette placée entre les cuisses furent successivement séreuses et séro-purulentes.

Le 21, les règles parurent et furent peu abondantes.

Le 26, j'examinai Mme L... avec mon confrère, et nous pûmes constater que la tumeur avait été enlevée au ras de la lèvre postérieure. Je cautérisai la plaie à l'intérieur du col avec de l'acide chromique pur.

Le 28, la malade se trouvant très-bien, il lui fut permis de se lever et de reprendre graduellement son genre de vie habituelle.

Trois autres cautérisations avec l'acide chromique, mélangé d'une partie égale d'eau distillée, furent faites sur le col dans le courant du mois d'avril. Vers le milieu du mois de mai notre confrère put constater que la cicatrisation du col était complète. Mais, ultérieurement, l'affection envahit les ganglions du bassin, et la malade succomba le 14 juillet 1868. M. le docteur de Langenhagen, qui avait continué de donner des soins à Mme L..., m'a assuré qu'elle n'avait plus eu de pertes depuis l'opération, et que le col était resté sain jusqu'à la mort.

Réflexions. — Lorsque je fus appelé à donner mes soins à Mme L..., l'altération profonde de sa constitution, ainsi que le développement de l'affection en dehors de nos limites d'action, ôtaient tout espoir de guérison. Le seul résultat à espérer de l'intervention chirurgicale que je proposais, était la cessation d'hémorrhagies qui ne pouvaient pas tarder à amener la mort.

Sous ce rapport, l'ablation de la tumeur telle que je l'ai pratiquée, a pleinement justifié l'emploi de la galvano-caustique thermique, puisque, depuis l'opération, les pertes ont complétement disparu.

J'ai noté la persistance de la fièvre intermittente qui a paru le second jour, et l'usage prolongé que mon confrère a dû faire du sulfate de quinine. Mme L... avait, du reste, une prédisposition à cet accident-là, car elle me dit qu'il s'était produit chaque fois qu'on l'avait cautérisée au fer rouge.

Un résultat très-encourageant pour l'emploi

de la galvano-caustique thermique dans les affections cancéreuses du col de l'utérus, c'est la cicatrisation régulière de la plaie et l'absence de récidive de ce côté jusqu'à la mort de la malade. Ne serait-il donc pas permis dans les cas de cette nature, si l'on était appelé à opérer quand l'affection est toute locale, d'espérer un arrêt de la maladie pour un nombre illimité d'années ?

—

OBSERVATION II

Tumeur cancéreuse de la lèvre antérieure du col de l'utérus ; ablation au moyen de la galvano-caustique thermique ; cicatrisation.

Mme G..., née à Biache (Pas-de-Calais), âgée de 36 ans, a perdu son père et sa mère d'une congestion cérébrale. Douée d'une bonne constitution, quoique lymphatique, elle a vu ses règles paraître à l'âge de 15 ans, et depuis lors elles ont été régulières ; mais cependant, le plus souvent, elles ont été accompagnées de douleurs. Mariée à l'âge de 27 ans, elle n'a jamais eu de grossesse, et depuis cette époque l'écoulement menstruel a diminué.

Il y a cinq ans cette dame consulta un médecin pour un écoulement blanc assez abondant. L'examen qui fut fait, permit de constater la présence d'une petite tumeur implantée sur le col de l'utérus. Il en prévint Mme G.... qui se borna à faire des injections légèrement astringentes.

Au commencement de 1867, elle fit un voyage dans l'ouest de la France. A son retour, elle s'aperçut que l'écoulement, devenu beaucoup plus abondant, avait de l'odeur. Les douleurs qu'elle ressentait de temps à autre entre les époques étaient aussi plus vives. Alarmée de ce changement, elle fit le 18 mars, demander M. le docteur Maurel. qui lui prescrivit de continuer les injections astringentes, lui conseilla le repos. et pratiqua plusieurs cautérisations avec le nitrate d'argent et le caustique de Filhos.

Le 5 juin M. le docteur Maurel pria le docteur Amussat fils de lui donner son opinion sur l'affection de Mme G..., dont les règles avaient cessé depuis la veille. L'exploration avec le doigt. et l'examen au spéculum, lui permirent de constater la présence d'une tumeur assez volumineuse implantée sur la lèvre antérieure du col de l'utérus. Les cautérisations faites antérieurement n'ayant pas amené de changement notable dans l'état de la tumeur. M. le docteur Amussat proposa à son confrère d'en faire l'ablation au moyen de la galvano-caustique thermique. Cette proposition ayant été acceptée, il fut convenu qu'on laisserait la malade se reposer quelques jours avant de pratiquer l'opération. A la suite de cet examen, Mme G... éprouva des douleurs dans l'abdomen et du ballonnement, lesquels disparurent par le repos au lit et l’application de cataplasmes laudanisés.

Le 10, il n’existait plus dans le vagin qu’un peu de sensibilité et de chaleur.

Le 12, son état était assez bon pour que l’opération fût fixée au lendemain.

Le 13, à neuf heures, étant placée sur le bord d’un lit de fer dans la position usitée pour l’examen au spéculum. Mme G... fut soumise aux inhalations de vapeurs de chloroforme par M. le docteur Halu.

Assisté de M. le docteur Maurel, M. le docteur Amussat plaça le fil de platine au niveau de l’insertion de la tumeur. Le sécateur une fois mis en rapport avec une pile de Grenet, il pratiqua l’ablation au moyen de la galvano-caustique thermique, sans avoir d’écoulement sanguin. L’opération terminée. Mme G... se plaça dans son lit. Une couche de collodion fut appliquée sur l’abdomen. et un sac de baudruche introduit dans le vagin jusqu’au col, en recommandant d’y introduire régulièrement de petits morceaux de glace.

Dans l’après-midi la malade se trouvant très-bien, on supprima l'introduction de la glace dans le vagin et on lui permit de prendre du bouillon.

Le 14, Mme G... n'a pas bien dormi; 84 pulsations. Prendre chaque soir une pilule de 1 centigramme d'extrait thébaïque.

Le 15, taches rosées sur la serviette placée entre les cuisses; potages légers. Entretenir la couche de collodion sur l'abdomen.

Le 16. taches séro-purulentes et matières ayant une assez forte odeur.

Les 17, 18 et 19. taches sanguines sur la serviette; la malade croit avoir ses règles; elle a sali six serviettes dans les vingt-quatre heures.

Le 20, écoulement séreux clair; abdomen parfaitement bien; suppression du collodion; l'alimentation est augmentée.

Le 27, la malade est très-bien; elle dit ressentir de petites coliques dans le bas-ventre.

Le 4 juillet, les règles paraissent comme à l'ordinaire et elles durent trois jours.

Le 8, nos confrères conseillent à la malade de se lever et de reprendre graduellement son genre de vie habituel.

La tumeur enlevée chez cette malade était charnue, rouge, d'une consistance assez ferme. Elle avait la forme et le volume que l'on voit dans les figures ci-jointes :

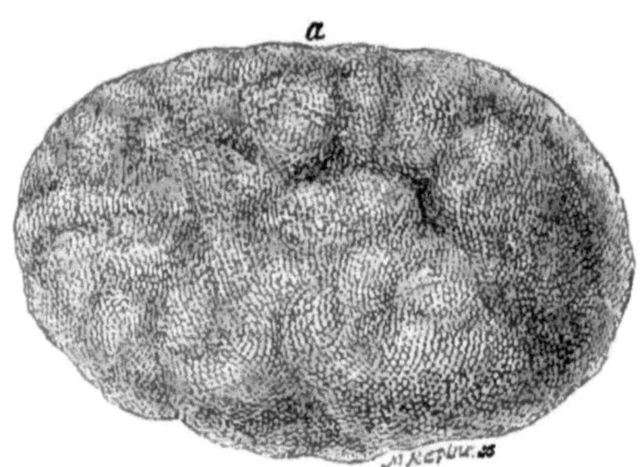

Fig. 3.

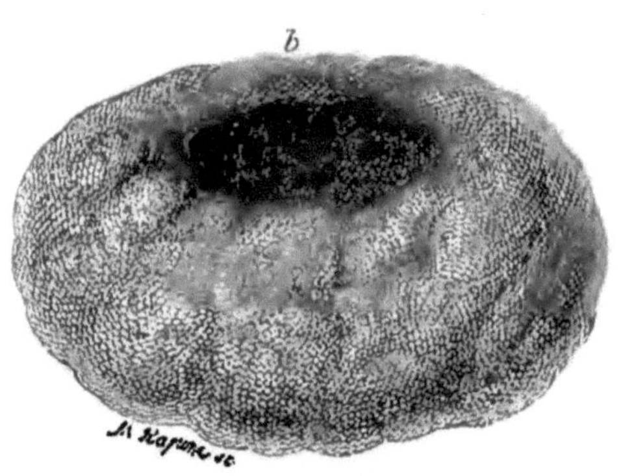

Fig. 4.

Cette néoplasie végétante était cancéreuse.. Elle serait devenue dans un avenir peu éloigné, fongueuse, saignante, et eût amené des désordres mortels.

Le 22, MM. Amussat et Maurel examinèrent Mme G... et trouvèrent dans la lèvre antérieure un noyau dur, squirrheux, servant de base à la tumeur enlevée. Une légère cautérisation au nitrate d'argent fut pratiquée seulement, les règles ne devant pas tarder à venir. Il fut alors convenu que, pour assurer le succès de l'opération, il fallait faire disparaître ce noyau. M. le docteur Amussat proposa d'employer l'électrolyse ; mais la malade, effrayée à l'idée d'un appareil nouveau, pria ses médecins d'employer un autre moyen si cela était possible. Il fut décidé qu'on se servirait du caustique de Filhos, d'après le procédé d'Amussat.

Le 30, après les règles, le noyau de la lèvre antérieure fut cautérisé avec un bâton de caustique Filhos, découvert longitudinalement dans le tiers de sa circonférence, et dans une étendue de 2 centimètres 1/2 environ, introduit dans le col et maintenu pendant quelques minutes.

La lèvre antérieure fut cautérisée de la même façon le 5 septembre et le 3 octobre. Après chaque cautérisation, la malade dut garder le lit pendant une semaine, quoiqu'il ne survînt aucun accident.

Au mois de décembre nos confrères constatèrent la disparition de la tumeur. Le col était cicatrisé et avait sensiblement diminué de volume.

Au mois d'août 1869, Mme G... vint voir M. le docteur Amussat, qui put s'assurer que le col était sain et que rien ne faisait craindre de récidive (1).

OBSERVATION III

Tumeur encéphaloïde de la lèvre antérieure du col de l'utérus ; amputation du col au moyen de la galvano-caustique thermique ; cicatrisation.

Mme C..., née à Lagny (Seine-et-Marne), âgée de 30 ans, d'un tempérament sanguin-lymphatique, a perdu sa mère et sa grand'mère d'une affection cancéreuse de l'utérus ; son père jouit d'une bonne santé. Les règles. venues sans difficultés à l'âge de 14 ans, furent généralement assez abondantes. Mariée à 16 ans. elle n'a ja-

(1) Castiau. *De la galvano-caustique thermique.* Thèse de Paris, 1870, n° 129.

mais eu de grossesse. Pendant qu'elle demeura en ménage, ce qui dura dix ans, elle eut de grandes fatigues à supporter, et éprouva de vifs chagrins ; aussi vit-elle ses règles diminuer, éprouver quelquefois du retard, et elle commença à prendre de l'embonpoint.

En 1866, elle perdit son mari. Dix mois après, elle était placée dans un des hôtels les plus fréquentés de Paris, où elle était préposée à la direction de la lingerie. Peu de temps après son entrée à l'hôtel, elle employa durant six semaines une machine à coudre, et elle fit un travail excessif. Dès lors apparurent des pertes utérines séro-purulentes et sanguines. peu abondantes d'abord, mais bientôt de plus en plus fortes, et à ce point, que plusieurs mois avant l'opération elle salissait une chemise par jour. et était dans l'obligation de changer tous les deux jours de draps de lit. Ces pertes étaient séro-purulentes d'une manière continue; mais plusieurs fois par jour. la malade avait sans cause appréciable, un écoulement de sang pur qui durait quelques minutes et s'arrêtait tout seul. Ces hémorrhagies l'affaiblirent au point de ne lui permettre de remplir ses fonctions, d'ailleurs fatigantes, que d'une manière très-incomplète. Pas de douleurs dans l'utérus. Elle consulta M. le docteur Barel, qui essaya d'arrêter les pertes et de relever les forces par un régime approprié. La médication employée n'ayant pas amené de changement notable dans l'état de Mme C..., notre confrère pria M. le docteur Amussat fils de vouloir bien l'examiner avec lui. C'était le 18 juillet 1868, immédiatement après la cessation des règles, qui, depuis que la malade avait des métrorrhagies continuelles, étaient peu abondantes.

M. le docteur Amussat constate un développement assez considérable de la lèvre antérieure, borné par un sillon donnant assez exactement à cette partie la forme du gland du pénis. Elle est mamelonée avec une saillie antéro-postérieure plus considérable.

D'après cet examen et en tenant compte des antécédents maternels, nos confrères pensèrent qu'il s'agissait d'une tumeur cancéreuse dont l'ablation devait avoir lieu sans retard. Le galvanisme leur paraissant devoir être préféré au bistouri et à l'écraseur, ils examinèrent les trois procédés auxquels on pouvait avoir recours :

1° L'électrolyse, c'est-à-dire la décomposition chimique de la tumeur ;

2° L'abaissement de l'utérus et l'amputation du col avec le bistouri galvanique du docteur de Séré ;

3° L'ablation avec le sécateur galvanique.

Après avoir discuté les avantages et les inconvénients de chacun de ces procédés, il fut convenu qu'on emploierait le sécateur galvanique.

Le 22 juillet, à dix heures du matin, M. le docteur Amussat fit d'abord placer Mme C... sur le dos, dans la position usitée pour l'examen au spéculum. Mais cette position ne lui paraissant pas favorable pour suivre l'opération, il la fit placer sur les genoux, avec les coudes appuyés sur des oreillers, et il introduisit le spéculum de Sims, qu'il confia au docteur Barel ; plaçant alors le fil de platine monté sur le sécateur galvanique autour du col, dans le sillon signalé plus haut, il glissa sous la canule double une valve en buis qui fut confiée à un autre assistant. Le sécateur fut mis en rapport avec une pile Grenet, et le chirurgien opéra lentement la section du col. On enleva ensuite avec de petits tampons de coton le sang qui avait suinté pendant ces différentes manœuvres. Il y en avait à peu près une cuillerée à bouche.

L'opération terminée, Mme C... se mit dans son lit. Tout l'abdomen fut recouvert d'une couche de collodion élastique, et par-dessus on plaça une vessie contenant des fragments de glace. Repos absolu, et du bouillon pour toute nourriture.

A deux heures, Mme C... était bien, mais il y avait de l'ischurie.

Le soir, elle avait uriné : pas de tension de l'abdomen, pas d'écoulement sanguin. Potion avec le sirop diacode pour la nuit.

Le 23, Mme C... était bien, mais elle avait eu une crise nerveuse dans la nuit, pendant une heure environ : 76 pulsations : bouillon pour toute nourriture. A deux heures, taches séreuses et grisâtres sur la serviette : abdomen souple et indolore ; 84 pulsations.

Le 24, quelques taches séreuses légèrement rosées sur la serviette ; 82 pulsations ; potages légers.

Le 25, on renouvelle le collodion, et on supprime la glace, l'abdomen étant dans un état complétement satisfaisant. Garde-robe; absence d'écoulement.

Le 26, quelques taches séreuses, brunâtres sur la serviette; 82 pulsations; la malade va bien. Augmenter la nourriture.

Le 27, crise nerveuse légère; un peu de dysurie; 86 pulsations; abdomen souple et indodolore.

Le 28, taches brunâtres sur la serviette; abdomen parfaitement bien. On réapplique une couche de collodion; et on augmente l'alimentation.

Taches brunâtres ayant de l'odeur sur la serviette : garde-robe.

Le 30, taches séro-purulentes sur la serviette, abdomen souple et indolore. On réapplique une couche de collodion; selle liquide; augmenter la nourriture.

Le 31, inappétence; 78 pulsations; diète. Il vient quelques caillots fusiformes en urinant, et il y a des taches séro-sanguinolentes sur la serviette. M. le docteur Amussat fait enlever l'oreiller sur lequel Mme C... reposait sa tête, et le fait placer sous le bassin. De plus, il lui recommande d'uriner rarement, les caillots ne venant que pendant la miction. A neuf heures du soir, le sang a complétement disparu.

Le 1ᵉʳ août, taches grisâtres sur la serviette ; l'abdomen est parfaitement bien ; on augmente la nourriture et on réapplique une couche de collodion.

Le 2, la malade va parfaitement bien ; quelques taches séro-purulentes sur la serviette.

Le 3, même état ; 80 pulsations.

Le 4, état général bien satisfaisant ; 76 pulsations ; abdomen toujours très-bien. Taches séro-purulentes sur la serviette.

Le 6, même état ; on permet à la malade de se lever.

A dater de ce jour, Mᵐᵉ C... reprit peu à peu ses occupations, en ayant soin d'éviter la fatigue.

Le 10, l'examen au spéculum permit à nos confrères de constater que la plaie résultant de la cautérisation avait un très-bon aspect, et que les bourgeons charnus qui la recouvraient étaient de bonne nature.

Le 18, nos confrères apprennent que la malade a eu ses règles pendant trois jours, et qu'elle a sali quinze serviettes.

La figure 5 représente la portion du col am-

putée , dessinée immédiatement après l'opération. Quelques jours après elle fut remise à
M. le professeur Robin, en le priant de vouloir
bien l'examiner au microscope. Notre savant
confrère a fait savoir : *que c'était une tumeur encéphaloïde, ayant pour point de départ les
glandes sébacées des follicules pileux de la lèvre.*
Ainsi s'est trouvé confirmé le diagnostic porté
par MM. Baret et Amussat, en se basant sur
l'examen attentif du col, ainsi que sur les antécédents maternels de la malade.

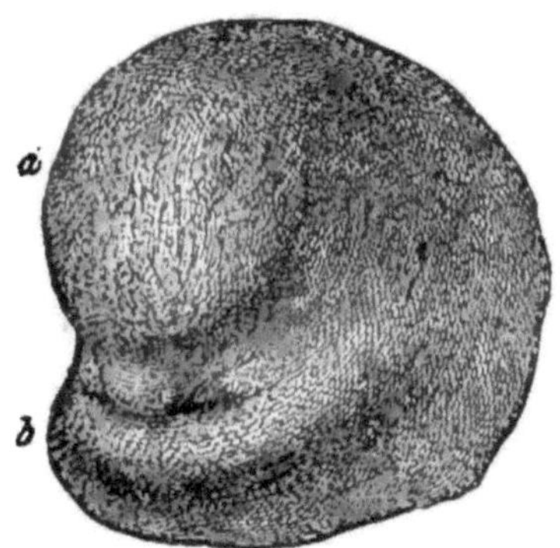

Fig. 5.

S'étant aperçu que le spéculum de Sims en
métal s'était un peu échauffé par le rayonnement du calorique, M. le docteur Amussat a
fait fabriquer par MM. Robert et Collin un spéculum tout en bois, destiné à ne pas avoir cet
inconvénient.

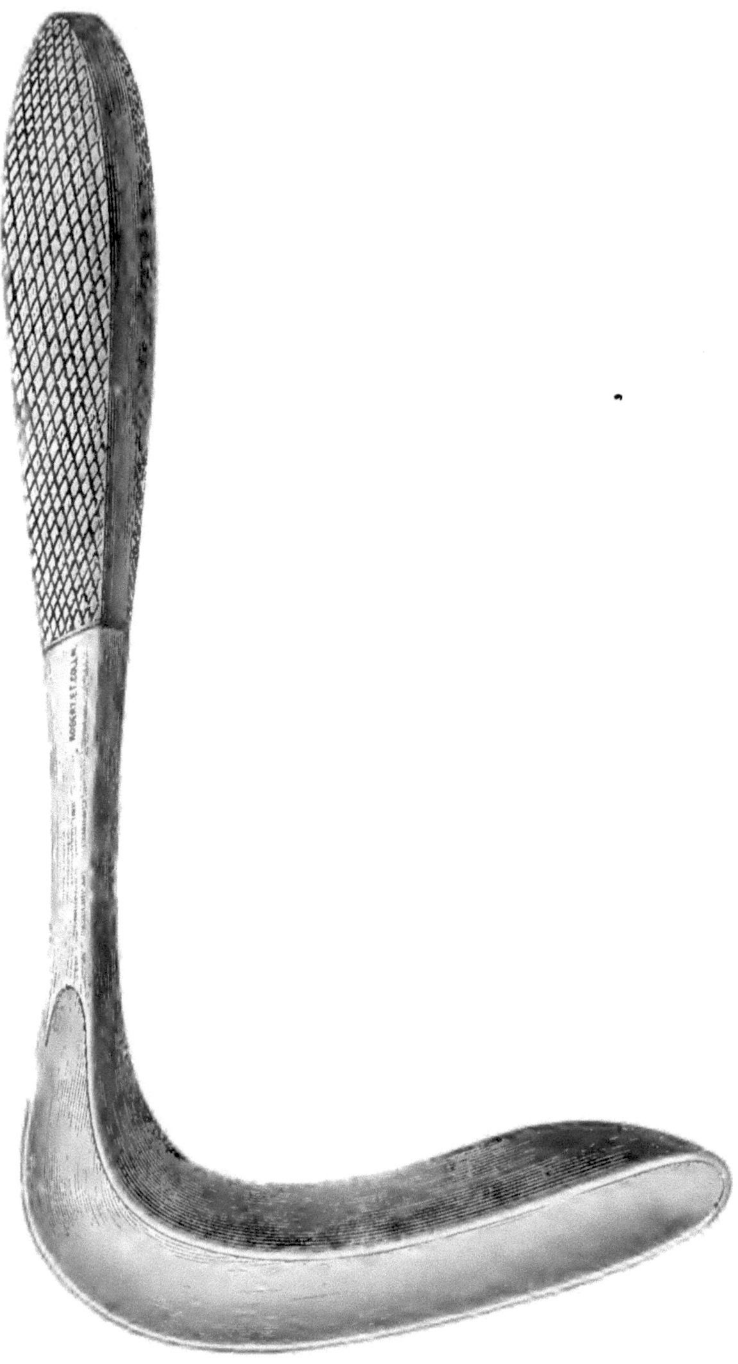

Fig 6.

Au mois de septembre nos confrères ont examiné la malade au spéculum et ont constaté la cicatrisation complète du col. Il existait à l'orifice une petite couronne rosée, mamelonnée, formée par la membrane interne, souple et saine.

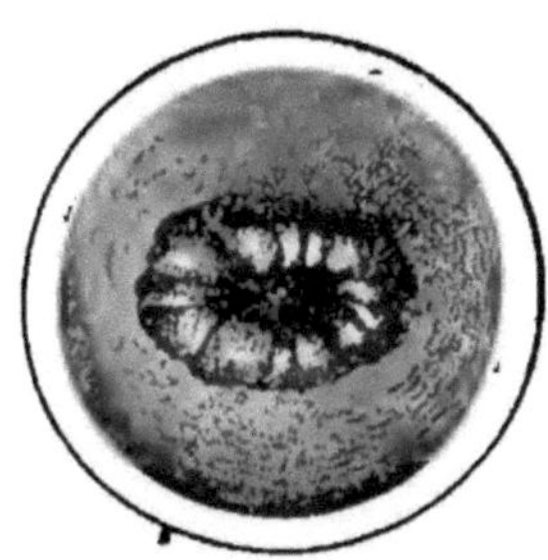

Fig. 7.

Au mois de janvier 1870, M. le docteur Amussat a revu Mme C... et s'est assuré que le col était toujours dans le même état. Elle n'a eu aucune perte depuis son opération, et les menstrues sont toujours régulières, mais peu abondantes (1).

RÉFLEXIONS. — Le diagnostic de cette affection du col étant bien établi, et l'emploi de la galvano-caustique accepté, trois procédés s'of-

(1) Castiau. *Loc. cit.*

fraient à moi pour faire disparaître la portion dégénérée.

1° L'escharification de la tumeur par la galvano-caustique chimique ;

2° L'abaissement de l'utérus, et l'amputation du col avec le bistouri du docteur de Séré ;

3° L'ablation avec le sécateur galvanique, telle que je l'ai pratiquée.

La galvano-caustique chimique n'étant pas un mode de cautérisation rapide, eût été trop douloureuse pour pouvoir, sans l'emploi du chloroforme, être supportée pendant le temps nécessaire à la destruction d'une tumeur du volume de celle que portait Mme C... Je pense qu'il est convenable de réserver ce mode de cautérisation pour les cancroïdes à base peu épaisse, quand on ne juge pas l'amputation nécessaire pour être assuré de dépasser la limite de l'affection.

Pour le cas de Mme C..., j'avais songé un moment à l'amputation du col avec le bistouri galvanique ; mais la nécessité d'abaisser fortement l'utérus m'a déterminé à y renoncer.

L'ablation avec le sécateur galvanique, vu la délimitation exacte de la tumeur, offrait donc les avantages de la rapidité d'exécution, d'une douleur moindre, et enfin la possibilité d'opérer sur place, sans faire subir aucun mouvement à l'organe. Telles sont les considérations qui m'ont déterminé à donner à ce procédé la préférence sur les autres.

Du reste, les trois procédés galvaniques applicables aux affections cancéreuses du col répondant à des indications différentes, c'est au chirurgien à choisir celui qui convient le mieux au cas qui se présente.

J'ai fait prendre à la malade une position peu usitée pour les opérations que l'on pratique sur l'utérus; mais après y avoir bien réfléchi et avoir essayé les autres, j'ai trouvé que celle-là était la plus favorable pour ce cas particulier. Si j'avais été dans l'obligation d'employer le chloroforme, j'aurais fait placer la malade sur le côté. Du reste, l'opération, au dire de Mme C...., n'a pas été très-douloureuse et elle l'a parfaitement bien supportée.

Cette opération est, je crois, le premier cas d'amputation du col de l'utérus pour un cancer de cet organe. Antérieurement la même opération a été pratiquée avec succès pour l'allonge-

ment hypertrophique du col par MM. Braunn
(de Vienne), Grunewaldt (de Saint-Pétersbourg)
et Kuechen Meister (de Dresde). Au mois d'octobre 1869 mon savant confrère et ami, M. le
docteur Péan, a eu l'occasion de pratiquer
l'amputation du col de l'utérus dégénéré, en se
servant d'un sécateur galvanique particulier
fait par M. Mathieu, sur les indications de
M. le docteur Chéron.

OBSERVATION IV

*Végétations fongueuses de l'utérus ; amputation
du col au moyen de la galvano-caustique thermique ; cicatrisation du vagin ; marche continue de l'affection dans le corps de l'organe.*

Le 14 novembre 1869 je me rendis, avec
M. le docteur Sergent, chez Mme C.... afin de
tenter d'arrêter des pertes utérines abondantes,
durant déjà depuis six mois et qui épuisaient la
malade. L'examen que je fis avec mon confrère,
nous permit de constater la présence de fongosités saignantes assez volumineuses, sortant du
col en gerbe. Le vagin était sain jusqu'à une

petite distance des végétations. La malade, âgée de 42 ans, nous apprit qu'elle avait perdu sa mère à l'âge de 52 ans d'une affection pulmonaire ; son père vit encore. Née en Normandie, mais de parents habitant Paris, elle fut réglée à 13 ans, se maria à 17 et eut trois enfants.

Il y a quatorze ans, postérieurement à son dernier accouchement, elle ressentit des douleurs dans l'utérus et eut des pertes blanches assez abondantes. Elle entra alors à l'hôpital Saint-Louis, dans le service de Malgaigne, et y resta sept mois. Depuis cette époque elle vit ses règles augmenter graduellement et durer de plus en plus longtemps. Au mois de mai 1869, l'écoulement sanguin devint continu, et depuis lors cet état ne put être modifié par les moyens employés ordinairement.

L'examen que j'avais fait me détermina à tenter une cautérisation centrale du tissu fongueux, espérant qu'il n'intéressait que l'intérieur du col de l'utérus.

Le 17, assisté par M. le docteur Sergent, je cautérisai centralement le tissu fongueux avec un galvano-cautère en forme de coin. Cette opération ne fut suivie d'aucune espèce d'accidents, et j'espérais qu'en continuant dans cette voie je parviendrais à tarir la source des hémorrhagies.

Le 16 décembre j'examinai Mme C... avec mon confrère, et j'eus le regret de constater la reproduction complète des tissus fongueux que j'avais détruits. Je proposai alors l'amputation du col, qui fut acceptée.

Le 19, assisté par M. le docteur Sergent, je pratiquai l'amputation du col au moyen de la galvano-caustique thermique de la manière suivante : La malade se plaça sur un lit de fer garni de deux matelas et d'une alèze, les pieds dans deux chaises, comme pour l'examen au spéculum. Je saisis le col à sa base dans l'anse du sécateur galvanique ; j'isolai l'instrument du vagin avec deux valves cylindriques en bois, et quand le fil fut bien placé et suffisamment serré, je le mis en rapport avec les réophores d'une pile électrique, et j'opérai lentement la section des tissus. L'écoulement sanguin résultant des différentes manœuvres fut insignifiant.

Dans le but d'atteindre le mal jusqu'au fond du col, je fis le 23, une cautérisation centrale avec un galvano-cautère en porcelaine.

Le 25 Mme C... eut ses règles.

La cicatrisation du vagin et le rétrécissement de l'orifice du col marchant rapidement, j'eus recours, le 30 janvier 1870, à la galvano-caustique chimique pour détruire les bourgeons fongueux développés principalement sur le fond de la paroi postérieure du col.

Le 20 février l'examen au spéculum nous permit de constater au fond du vagin un orifice linéaire d'environ 1 centimètre 1/2 de long, dans lequel on apercevait des granulations dont la nature nous parut douteuse, mais non fongueuse. Le vagin était du reste parfaitement sain jusqu'à cet orifice. Depuis l'amputation du col les pertes avaient presque entièrement disparu, et j'aurais eu beaucoup d'espoir, si la malade n'eût accusé des douleurs dans la matrice, qui me parut plus volumineuse que lorsque je vis Mme C... pour la première fois. Ces douleurs et le volume plus considérable de l'organe me firent craindre de ne pas avoir atteint les limites du mal. Ne pouvant les déterminer exactement, je proposai à mon confrère d'ajourner toute nouvelle intervention chirurgicale. Jusqu'au milieu du mois d'août, Mme C... ressentit des

douleurs assez vives dans l'utérus, et n'eut qu'à
de rares intervalles de petits écoulements san-
guins en dehors de ses règles. Depuis cette époque les pertes sont devenues presque continues,
mais peu abondantes, lorsqu'elle garde le repos
horizontal.

Le 16 octobre 1870 j'ai examiné Mme C... et
j'ai constaté une augmentation notable du volume de l'utérus, bosselé surtout du côté du vagin, qu'il refoule en avant. Celui-ci est sain jusqu'à l'orifice utérin, dont la forme est oblongue
et irrégulière, et duquel il ne sort plus de végétations fongueuses.

RÉFLEXIONS. — Comme on a pu le voir en
lisant cette observation, les opérations que j'ai
pratiquées n'ont pas arrêté la marche de l'affection, et cependant j'espérais bien que l'amputation du col suivie de deux cautérisations cen-
trales me permettrait d'atteindre les limites du
mal. L'ablation avec évidement du col, en employant le bistouri de M. le docteur de Séré,
eût-elle donné un meilleur résultat? Dans un
cas semblable je me déciderais peut-être à y
avoir recours, quoiqu'il me répugne beaucoup

d'abaisser l'utérus suffisamment pour pouvoir pratiquer cette opération.

OBSERVATION V

Tumeur cancéreuse de l'utérus ; amputation du col au moyen de la galvano-caustique thermique ; cicatrisation.

Le 26 avril 1870 M. le docteur Cahours me pria d'examiner une dame ayant une tumeur cancéreuse de l'utérus, et de m'assurer s'il était possible d'en faire l'ablation. et d'enrayer ainsi la marche de cette fatale maladie. Mme M..., née à Mâcon, âgée de 42 ans, nous rapporta que sa mère était morte d'un ulcère à la matrice, et que son père avait succombé à la suite d'une pneumonie. Réglée à 12 ans, elle devint enceinte à 16 ans 1/2, et accoucha d'un enfant mort ; à 18 ans, seconde grossesse, naissance d'un garçon qui vit. Elle vint à Paris à l'âge de 20 ans, et n'a pas eu d'autre grossesse. En 1850 elle eut une pneumonie, dont elle guérit bien, et depuis lors elle a joui d'une assez bonne santé. Ses règles cessèrent à l'âge de 36 ans à la suite d'émotions très-vives, et depuis elle eut des pertes blanches beaucoup plus abondantes qu'auparavant ; de plus, chaque hiver elle souffrit de bronchites difficiles à guérir.

Au commencement du mois d'octobre 1869 l'écoulement blanc devint tellement abondant, qu'elle salissait une serviette le jour et une la nuit, et qu'elle était obligée de changer tous les jours de chemise et de draps ; de plus, cet écoulement prit une très-mauvaise odeur. Elle remarqua en outre que, lorsqu'elle touchait l'utérus avec la canule de la seringue, ou lorsqu'elle avait des rapports avec son mari, il y avait du sang à sa chemise. Comme elle n'éprouvait aucune douleur dans le bas-ventre, elle se contenta de faire différentes injections astringentes, espérant parvenir ainsi à tarir et à désinfecter ses pertes blanches. Au mois d'avril 1870, ne voyant aucun changement dans son état, elle se décida à consulter M. le docteur Cahours. Notre confrère l'ayant touchée, trouva une tumeur du col, et désira savoir si une intervention chirurgicale pouvait avoir des chances de succès.

L'examen que je fis m'ayant appris qu'il

existait une tumeur cancéreuse du col, au delà de laquelle on sentait une bande de tissu paraissant encore sain, je pensai qu'il était possible d'en tenter l'ablation, avec l'espoir d'enrayer la marche de l'affection.

Le 30. assisté par MM. les docteurs Cahours et Jaubert, je fis placer la malade sur une chaise longue, les pieds sur deux tabourets élevés, comme pour l'examen au spéculum. Je saisis la partie saine du col dans l'anse métallique du sécateur galvanique. j'isolai l'instrument du vagin avec deux valves cylindriques en buis, que je confiai à M. le docteur Jaubert, et quand le fil fut suffisamment serré, je le mis en rapport avec les réophores d'une pile Grenet, et j'opérai lentement la section des tissus. La quantité de sang mêlé de sérosité résultant des manœuvres peut être évaluée à environ deux cuillerées à bouche.

L'opération terminée, je recouvris l'abdomen d'une couche de collodion, et pardessus je fis placer une vessie contenant quelques fragments de glace. Dans l'après-midi la malade se plaignant de coliques, je fis supprimer la glace.

La figure ci-jointe représente la tumeur en-

levée, dessinée immédiatement après l'opération. M. le docteur Homolle ayant bien voulu
l'examiner au microscope, m'a dit qu'elle était
constituée par du tissu cancéreux.

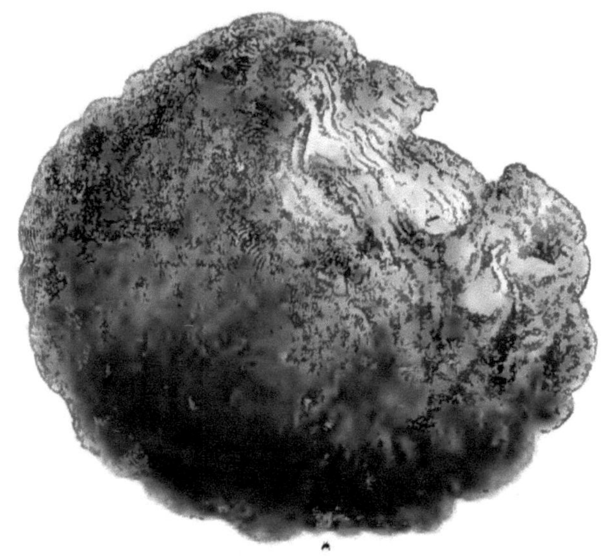

Fig. 8.

Les deux premiers jours il y eut un écoulement séreux avec un peu d'odeur.

Le 3 mai, sans cause connue, il survint un
écoulement sanguin que M. le docteur Cahours
arrêta immédiatement avec des bourdonnets de
coton imbibés d'une solution de perchlorure de
fer. La malade, d'un caractère très-entier, vou-
lut que le collodion fût remplacé par une fla-
nelle imbibée d'eau de sureau tiède.

Le 4, douleurs dans la région utérine et dans la fosse iliaque gauche; 120 pulsations.

Le 5, je fis changer la malade de lit, et je retirai les bourdonnets de coton. Le ventre; étant plus sensible et ballonné, fut recouvert d'une couche d'onguent hydrargire et de cataplasmes.

Le 6, les symptômes de métro-péritonite s'accentuant davantage, je fis recouvrir l'abdomen d'une solution de gomme arabique très-épaisse, qui fut saupoudrée de poudre d'amidon, d'après la méthode du docteur de Robert de Latour. Je recommandai d'entretenir soigneusement cette couche d'amidon gommé, et de remplir de suite les fissures se produisant par la dessiccation.

Le 9, je fis appliquer un large vésicatoire sur l'épigastre. Le lendemain, trouvant une amélioration sensible dans l'état de l'abdomen, je consentis. suivant le désir de la malade, à revenir aux fomentations chaudes.

Le 12, l'abdomen ne donnait plus d'inquiétude; la malade prenait avec plaisir et digérait bien trois légers potages par jour.

Le 23, Mme M... commença à se lever et à faire des injections alunées.

Le 27, j'examinai la malade au spéculum avec

M. le docteur Cahours. La plaie résultant de l'amputation du col était couverte de bourgeons charnus de bonne nature. Il fut convenu que l'on placerait au bras gauche un vésicatoire, et qu'il serait entretenu jusqu'à nouvel ordre.

Au milieu du mois de juin, elle commença à se promener en voiture, et partit le 23 pour la campagne.

Le 12 juillet, l'examen au spéculum me permit de constater la cicatrisation complète du vagin, au fond duquel on voyait une petite ouverture circulaire conduisant dans la cavité utérine. Pendant son séjour à la campagne, Mme M... eut presque constamment une diarrhée qui l'affaiblit beaucoup. De retour à Paris, l'état du tube digestif s'améliora rapidement, et la malade put reprendre peu à peu ses occupations habituelles.

Le 16 octobre 1870 j'ai examiné Mme M... avec M. le docteur Cahours. Au toucher, on trouve un vagin terminé par un cul-de-sac, et le corps de l'utérus paraît moins volumineux que chez les femmes de son âge, probablement par suite de la disparition des règles depuis six ans. L'examen au spéculum permet de voir un vagin très-sain, et au fond du cul-de-sac l'orifice du col, de 2 à 3 millimètres de diamètre.

Réflexions. — L'existence déjà ancienne d'un écoulement abondant, la tendance aux bronchites pendant les saisons froides et humides, me firent craindre qu'après la cessation des pertes blanches, les poumons ne devinssent le siége de phlegmasies plus fréquentes et plus difficiles à guérir. Dans le but d'y remédier, j'ai fait appliquer au bras gauche un vésicatoire, que l'on continue à entretenir, et quoique actuellement elle n'aperçoive que de rares taches sur sa chemise, elle nous a dit que, depuis que son exutoire fournissait une suppuration assez abondante, ses organes respiratoires étaient en très-bon état, tandis que les années précédentes, à pareille époque, elle toussait constamment.

Si nous jetons un regard rétrospectif sur ces faits, nous voyons que la première malade, épuisée par des hémorrhagies, en fut débarrassée par l'opération et vécut encore dix-sept mois.

La malade qui fait le sujet de la quatrième observation, a vu son affection enrayée un moment, mais peu à peu elle a pris sa marche envahissante du côté de la cavité utérine, et les pertes ont reparu. Cette malade n'a donc pas obtenu de bénéfice de l'opération.

Les malades qui font le sujet des 3e et 4e observations ont été débarrassées de leur tumeur cancéreuse, et la dernière fois que je les ai examinées il n'y avait pas trace de récidive.

Le 20 février 1871, j'ai revu Mme M..., dont l'état est toujours aussi satisfaisant que lorsque je l'ai examinée avec M. le docteur Cahours ; ce qui me fait espérer qu'elle sera aussi heureuse que les deux malades que j'ai citées plus haut. Un fait digne de remarque et très-encourageant, c'est que, chez toutes ces opérées. j'ai obtenu la cicatrisation de la plaie résultant de l'opération.

(UNION MÉDICALE, 1871.)

PARIS. — TYPOGRAPHIE FÉLIX MALTESTE ET COMPAGNIE
Rue des Deux Portes-Saint-Sauveur, 22.